LAS AVENTURAS DEL PERRITO PERRONI

El perrito Perroni es un piloto aventurero. Cuando no está volando, descansa en su casa de campo frente a un lago. Un día recibe una llamada de su amiga Sofía quien lo invita a conocer Italia. Feliz, él acepta la invitación.

El perrito viajero va directo al continente europeo. En su avión rojo atraviesa el océano Atlántico con destino a Italia.

— ¡Ciao, Sofía!— saluda Perroni a su querida amiga. Sofía la cabrita está muy feliz de ver a su amigo y lo lleva a recorrer la ciudad de Roma.

—¡Mira, Perroni, esta gran iglesia es la Basílica de San Pedro! — señala Sofía.

—El gran Coliseo es el monumento más famoso de mi ciudad! —dice Sofía.
—¡Wow, es realmente majestuoso! — se asombra Perroni.
—¡Oh, oh, nubes estratocúmulos! —dice el Perrito.
—¿¿Qué?? —pregunta Sofía, sin entender.
—Perdón, creo que son nubes de lluvia —explica el piloto Perroni.

Perroni tenía razón, eran nubes de lluvia. Mientras los amigos se dirigían a su próxima aventura, empezó a llover.

A su llegada al Panteón la lluvia era
más fuerte.

—Oh, oh, el Panteón está inundado — se preocupa Perroni.
—Debemos hacer algo,— propone Sofía—. Este es un lugar muy importante para mi ciudad.

—¡Tengo una idea! ¡Ya vuelvo!

— El perrito Perroni recordó haber visto una
chupa de baño en el basurero del callejón
donde pasaron anteriormente.

—Después de tantos años, la tubería del Panteón se llenó de suciedad. ¡Esta chupa nos ayudará a destaparla!—explica Perroni.

—¡Bravo! ¡Lo logramos! —gritan felices los amigos—¡El agua ya está fluyendo! ¡Hemos salvado el Panteón!

Sofía, muy agradecida por la ayuda de su amigo, lo invita a comer una deliciosa pizza.

—¡Arrivederci, Sofía! —. El perrito se despide de Sofía llevándose hermosos recuerdos de su paseo por Italia.

Como se llama el perrito?
A) Perrito Pepperoni
B) Perrito Perroni
C) Perrito Perrier

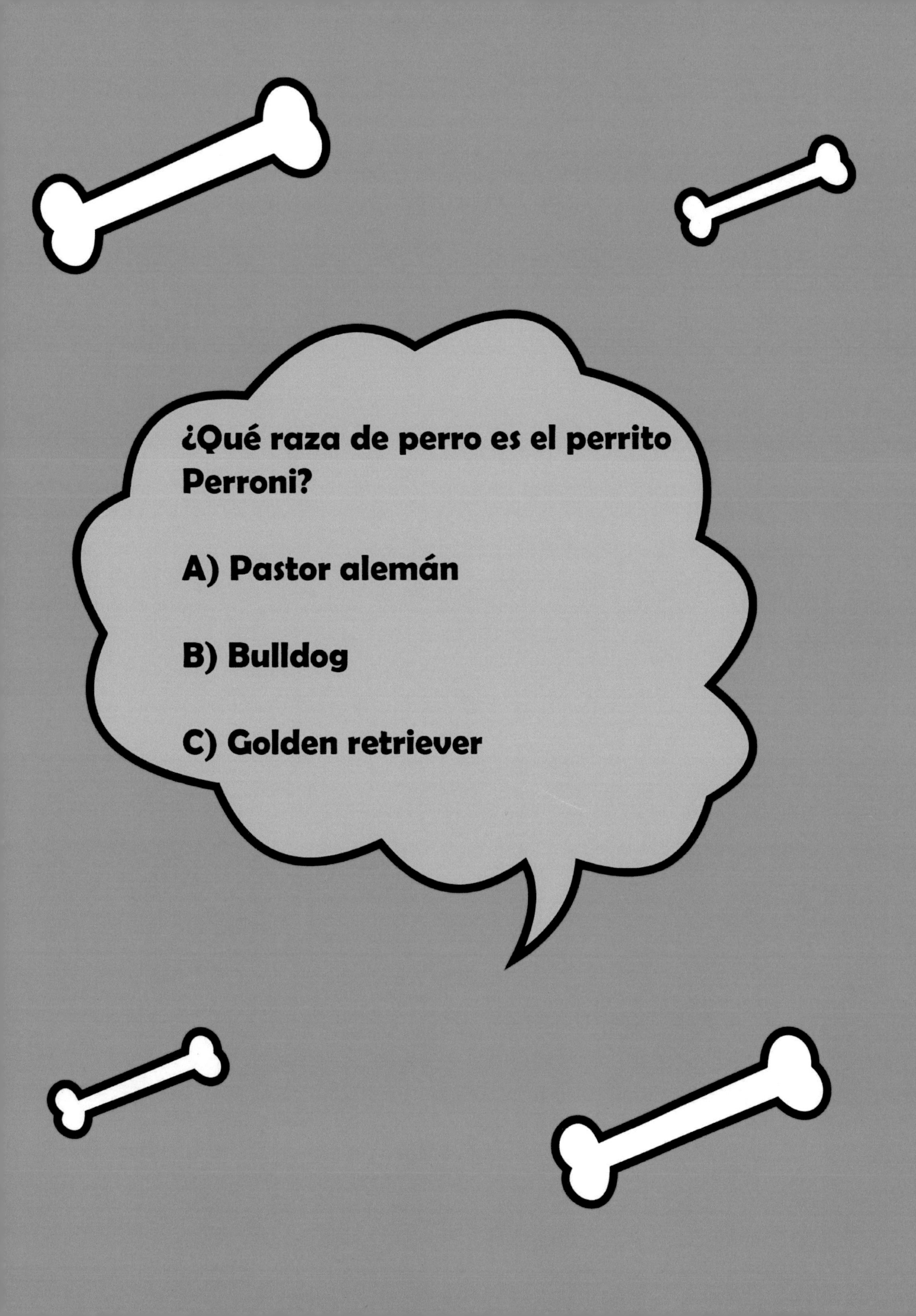
¿Qué raza de perro es el perrito Perroni?
A) Pastor alemán
B) Bulldog
C) Golden retriever

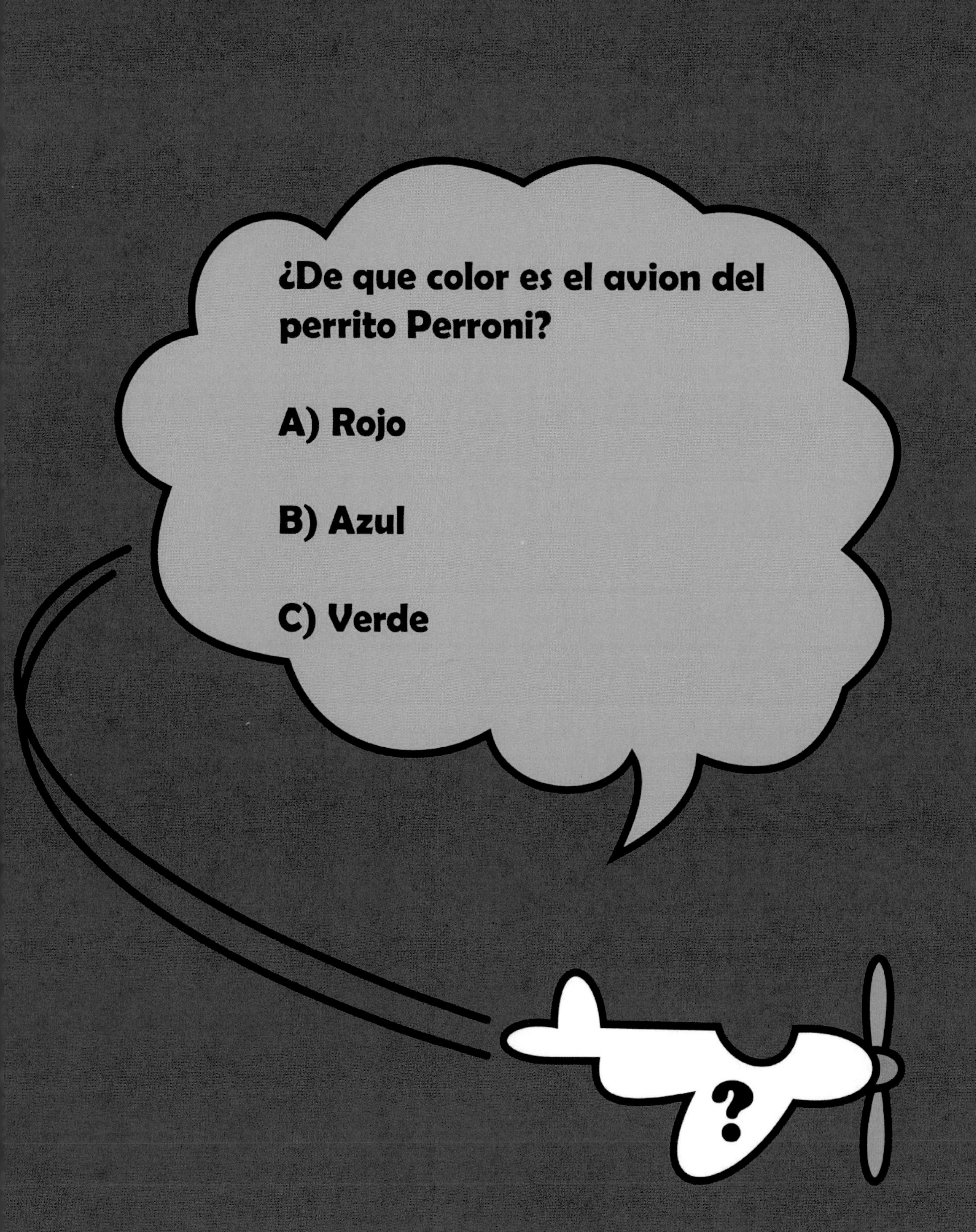
¿De que color es el avion del perrito Perroni?
A) Rojo
B) Azul
C) Verde
?

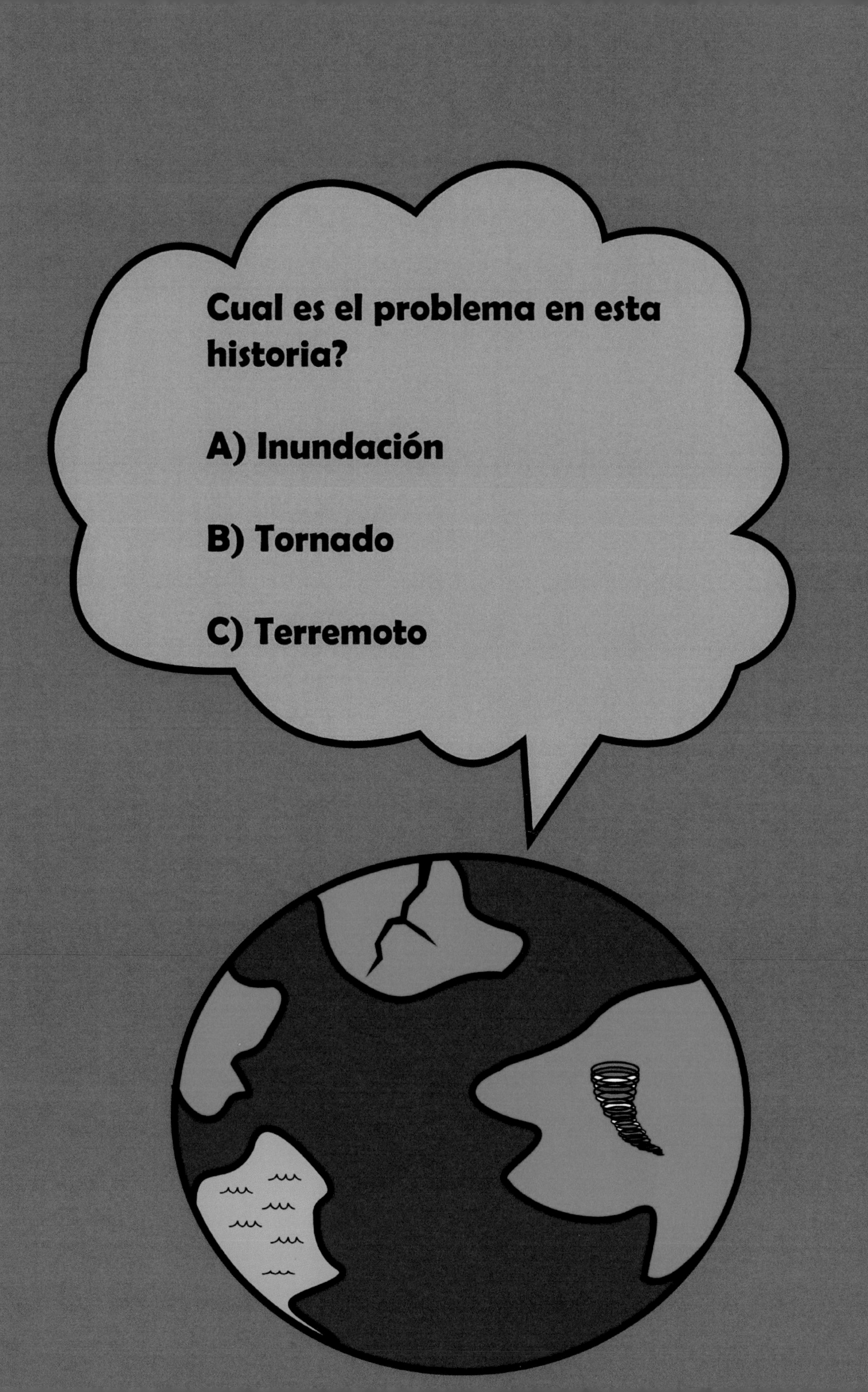
Cual es el problema en esta historia?
A) Inundación
B) Tornado
C) Terremoto